CW00704945

Ralph HACKENBERG

# Documents compromettants

nouvelle

Il est pratiquement midi lorsque Mike pénètre dans la petite brasserie. Les quelques clients présents ainsi que le tenancier s'empressent de l'observer. Dans leurs regards, on peut lire l'étonnement, mais aussi l'inquiétude. Il est vrai qu'ils n'ont pas l'habitude de voir débarquer chez eux un motard et qui plus est, avec ce look-là.

Avant de s'asseoir, Mike retire ses gants, ses lunettes noires et son long manteau style « western ». Il est vêtu d'un pantalon en cuir marron et d'une chemise en toile de couleur sable. Pour compléter le tout, ses longs cheveux et sa barbe de plusieurs jours soulignent encore plus son air austère. Pourtant notre motard n'est pas un voyou cassant tout sur son passage. Non, au contraire ! Il respecte chaque individu et ne néglige pas de défendre les plus faibles. Malheureusement dans notre société, la différence est toujours cause de préjugés…

Après un long moment d'hésitation, le barman approche :

- Bonjour… Que désirez-vous ?

- Salut ! Est-il possible de manger ?

- A cette heure-ci, je peux juste vous préparer un sandwich. Si ça vous dit, j'ai du jambon et du fromage.

- Ok ! Faites-moi un mélange des deux et servez une bière.

Pendant que l'homme file à la cuisine, Mike jette un coup d'œil à l'extérieur. Il remarque plusieurs jeunes gens en train d'admirer son Harley. Il faut bien avouer que la bécane est magnifique avec sa peinture personnalisée. L'éclat du soleil sur les chromes ajoute à l'engin une pointe d'élégance. Il réalise que, dans quelques minutes, lui et sa machine seront la principale attraction du village, le grand sujet de conversation du jour. Peu importe, il a l'habitude de ce genre de réaction ; il devient la bête curieuse…

Maintenant, c'est la place entière du village qui s'anime. Un, puis deux, puis trois et enfin quatre vieux papys viennent tourner autour de la moto. Ils ont pratiquement le visage collé sur le bicylindre pour mieux l'analyser. Entre chaque bouchée, Mike vérifie que personne ne touche à rien. Pour l'instant tout va bien, aucune main baladeuse ne tripote la poignée des gaz ou encore d'autres accessoires.

Son déjeuner terminé, après avoir payé ses consommations, Mike sort et se dirige tranquillement vers sa bécane. En un clin d'œil, comme si notre biker allait se déchaîner sur tout ce qui bouge, les habitants s'éparpillent et se précipitent pour s'enfermer chez eux. Seul, une petite fillette d'à peine cinq ou peut-être six ans, reste indifférente à toute cette folle agitation. A genoux, au beau milieu de la rue, elle semble beaucoup plus absorbée par un oisillon qui, venant de tomber du nid, crie sous la douleur du choc. Le mystérieux visiteur enfile ses gants, saisit son étrange casque et, avant de le porter à sa tête, lance un dernier regard sur les lieux. Soudain, un grondement sourd et lointain se rapproche à grande vitesse. Il fronce les sourcils, il cherche…et là, il reconnait ce bruit. Au bout de la rue, un énorme camion pénètre dans le village à vive allure. Mike réalise le danger imminent qui menace la gamine. En un temps record, il entame une course effrénée. A la limite de la collision, il se saisit du chérubin et plonge vers l'autre côté de la route. Pendant ce temps, un crissement infernal envahit la petite place : c'est le chauffeur du trente-huit tonnes qui, comprenant la situation, vient d'écraser la pédale des freins…

La mère qui regardait par la fenêtre, vient d'assister à toute la scène. Toute retournée et affolée, elle sort de la maison et se précipite vers l'enfant. Elle saisit sa fillette et la serre très fort contre sa poitrine. La femme laisse à la fois couler des larmes de soulagement et des larmes de joie. Satisfait du dénouement, notre motard marche lentement vers sa moto. Il s'assoit sur la machine et reste là sans broncher ; il revoit encore l'action, image par image.

Comprenant ce qui vient de se dérouler, les villageois accourent vers Mike pour le congratuler. Certains lui serrent la main, d'autres lui tapotent l'épaule. Dorénavant, il n'est plus le bandit de grands chemins. La population a complétement changé son fusil d'épaule ; elle le considère maintenant comme un bienfaiteur… Au beau milieu de toute cette agitation, la mère, tenant son enfant par la main, s'avance timidement en direction du biker. Sur son visage, un large sourire laisse apparaître un vrai bonheur. Ce bonheur est très simple : sa fille !

- oh ! Monsieur, je ne sais comment vous remercier, dit-elle en posant délicatement un baiser sur la joue de Mike.

- Ne me remerciez pas. Mon plus grand plaisir, c'est de voir que votre fille est en pleine forme.

- Vous êtes bien généreux monsieur.

- Pas monsieur, Mike !

- D'accord…Mike ; moi c'est Julia !

- Et toi, comment t'appelles-tu ?

- Marina, répond doucement la gamine.

- Et bien Marina, je suis très heureux de voir que tout va bien pour le mieux. Mais dis-moi, que faisais-tu au milieu de la route ?

La fillette hésite à ouvrir la bouche… Elle laisse juste échapper un « heu ».

- Alors Marina, lance la maman, on attend tes explications !

- Oh ! Ne vous fâchez-pas. Ce qu'elle doit surtout assimiler, c'est d'éviter de jouer sur la route car c'est très dangereux.

- Tu as bien entendu monsieur. Plus de jeux sur la route !

- Oui maman, je te le jure.

Julia et Mike regardent l'enfant avec un petit sourire. Ils savent pertinemment qu'elle aura beaucoup de difficultés à tenir son serment.

- Je suis désolé, mais il est l'heure pour moi de filer, dit Mike. J'ai un rendez-vous qui n'attend pas.

- Déjà ! Mais… J'aurais tant voulu vous avoir ce soir pour dîner… Vous pourriez partir plus tard. Juste après !

- Je comprends, mais c'est impossible.

- Je vous en prie, faites-moi plaisir. De plus, je suis certaine que Marina serait très heureuse.

- Ecoutez, dès que mon rendez-vous est terminé, je reviens vous voir. Je vous promets de rester plus longtemps.

Sur ces dernières paroles, Mike enfile son casque. Il s'installe sur sa machine et appuie sur le bouton du démarreur. Le moteur tremble instantanément, les échappements crachent un bruit plutôt sourd, plusieurs personnes se bouches les oreilles. C'est vrai qu'ils n'ont pas l'habitude d'entendre cette provocante sonorité, celle qui fait la réputation d'Harley Davidson. A l'exception de Julia, tout le monde s'écarte. Le motard jette un ultime regard sur la jeune femme. Il lui fait un signe de la main et se décide enfin à tourner la poignée des gaz. En un clin d'œil, le motocycliste disparaît au bout de la bourgade…

Après trois longues heures de route, Mike s'arrête en face d'un cimetière. Il gare sa machine à côté d'une dizaine d'autres bécanes. Une fois la grille franchie, il se dirige lentement vers une tombe. Il aperçoit une bande de bikers en train de déposer, pour honorer le défunt, quelques objets sur la sépulture. Il reconnaît ses potes ! Dès qu'il les rejoint, tous le saluent à grandes accolades. La scène se déroule dans un silence plein de respect. Comme ses amis, Mike sort de sa poche un insigne et le place sur le caveau, à côté des autres. Au même moment, des événements lointains lui reviennent en mémoire. « Il se revoit, lui et son copain Phil, courant au travers des tirs de mortiers et tentant de sauver quelques enfants de ces horribles calvaires. » Après quelques minutes, tout le monde décide d'aller prendre une bière pour se remettre de toute cette émotion et aussi parler du temps passé. Chacun évoque sa rencontre avec Phil, ses instants inoubliables qu'il a passés avec lui. Tous détaillent les longues balades à travers les pays, les concentrations, les fêtes souvent bien arrosées et aussi les concerts rock. Quant à Mike, il retrace ses péripéties au cœur d'hostilités inhumaines, espérant préserver quelques vies. L'un comme l'autre, Phil et lui aspiraient à un peu de réconfort. Ayant tout de suite sympathisé, lorsque ces fous de soldats stoppaient leurs effroyables combats, ils passaient beaucoup de temps à discuter devant une bouteille de whisky et une cigarette aux lèvres… Et puis un jour, ne pouvant plus supporter ces innombrables interventions humanitaires, étant à bout de force, ils finissent par démissionner et ils rentrent chez eux.

- Il est très tard, lance le propriétaire. S'il vous plaît, ajoute-t-il, quittez les lieux ; c'est l'heure de la fermeture.

- D'accord, répond Mike, on y va.

Sans trop rechigner, nos bikers passent la porte de la brasserie et se dirigent vers leurs machines en titubant légèrement. Conscients de leur état, ne voulant pas risquer de chutes, ils choisissent de camper sur place. Les sacs de couchage déroulés, une fois les bottes retirées, ils s'endorment aussitôt. Heureusement pour eux, les nuits de juillet sont belles et chaudes.

Dès le lever du jour, les bikers se séparent en jurant de se revoir dès la prochaine concentration. Mike veut de son côté, avant de retourner chez Julia et sa fillette, encore rendre visite à quelqu'un qui pour lui est très cher ; son frère Franck ! Ça fait trop longtemps qu'ils ne se sont pas revus... Environs trois heures plus tard, après avoir viré au carrefour, Mike progresse en direction de la maison de Franck lorsqu'il remarque une effervescence. Tout ça l'inquiète ! Il s'approche et là, il découvre les pompiers, la police et également une ambulance.

- Mais que ce passe-t-il ici, dit-il à haute voix ?

Sans attendre, une fois devant la maison, il coupe le moteur et accoste un flic pour essayer de décrocher quelques renseignements Malheureusement, comme à l'habitude, son look étrange provoque une longue discussion. Il lui faut beaucoup de détermination pour obtenir l'autorisation de pénétrer dans la demeure…

Enfin à l'intérieur, un commissaire l'accueille et lui annonce sans trop de ménagement :

- Votre frère Franck Lino est mort. Il a été abattu d'une balle en pleine tête.

- Abattu !... Mais qui ?... Et pourquoi, demande le motard secoué par le choc qu'il vient d'encaisser ?

- D'après les premiers éléments de l'enquête, le médecin légiste estime le décès entre vingt-trois heures et une heure du matin. Mais pour l'instant, impossible d'énoncer un mobile. En revanche ! Ce que je peux vous dire, ajoute le commissaire Roberts, le ou les malfaiteurs ont tout retourné dans la maison, comme s'ils cherchaient quelque chose. Tout en écoutant, Mike observe les alentours. Il constate en effet que tout est sens dessus dessous : papiers étalés, livres ouverts, bibelots jetés sur la moquette et les coussins du canapé éparpillés.

- Je suppose qu'il m'est impossible de passer la nuit ici, dit Mike.

- Exact ! Nous n'avons pas terminé notre investigation. Elle risque d'ailleurs d'être assez longue. Je suis désolé pour vous, mais il faudra vous débrouiller autrement.

- Ça ne fait rien, je comprends, répond le motard. Je vais prendre une chambre à l'hôtel situé deux rues plus loin.

Pendant leur conversation, les deux hommes s'avancent doucement vers l'escalier et commencent à grimper à l'étage.

- En haut c'est le même capharnaüm, continue le flic. Plus j'y pense et plus je suis pratiquement certain que ces hommes cherchaient quelque chose : des documents, un dossier compromettant. Votre frère était journaliste, je crois.

- En effet, mais quel rapport ?

- Amon avis, votre frère devait être sur une grosse affaire. Vous savez comme moi, les journalistes ont souvent la fâcheuse tendance à fouiner partout et, de ce fait, à provoquer de gros scandales.

- En résumé, vous pensez que mon frère s'est fait descendre par la bande d'escrocs qu'il était en train de filer !

- C'est à peu près ça, rétorque le commissaire. De toute façon, une fois notre travail terminé, nous vous tiendrons informé du résultat.

- Quand puis-je l'espérer, demande Mike ?

- Difficile à dire ! En tous les cas, venez demain en début d'après-midi, l'autopsie sera terminée.

Nous en saurons probablement plus. Vous signerez en même temps les documents d'inhumation.

Notre motard accepte d'un mouvement de la tête la proposition, salue Roberts et quitte sans attendre les lieux…

Il est presque 15 heures 30 lorsque Mike franchit le porche du commissariat central. Maintenant que l'horrible paperasserie administrative est achevée, il n'a plus rien à faire dans le coin. Il peut désormais foncer vers Julia ; elle doit attendre avec impatience sa visite. Il enfourche sa machine et actionne le bouton de mise en route. Après un coup d'œil à gauche et coup d'œil à droite, notre biker lance son Harley dans le trafic… Trop attaché à ne pas accrocher de voiture et à vérifier les panneaux indiquant la direction à prendre, Mike ne remarque pas le véhicule qui suit à quelques mètres derrière lui. Pourtant, dans cette grosse limousine de couleur grise, quatre malabars vêtus de costumes sombres ne le quittent pas du regard. A coup sûr, ces hommes-là ne sont pas des enfants de chœur ! Les quatre sbires suivent notre biker tout au long du voyage. Ils gardent une distance suffisante pour ne pas la perdre de vue est surtout pour ne pas être découverts. Ainsi, sans le vouloir notre motard emmène avec lui d'infinis problèmes, ceux qui ont coûté la vie à Franck…

Le soir est tombé lorsque Mike gagne les premiers pâtés de maisons. Julia, ayant sans doute reconnu le son de la machine, l'attend déjà sur le perron de sa maison. Sur son visage, un large sourire laisse deviner la joie qu'elle éprouve à revoir le sauveur de sa fille. Le motard pose le pied à terre et coupe le moteur de son Harley :

- Salut, lance-t-il. Je suis franchement désolé d'arriver aussi tard, mais la route a été relativement longue et…

- Ne soyez pas gêné, coupe-t-elle, au contraire. Je suis heureuse que vous ayez tenu parole. Entrez vite ! Le trajet vous a certainement donné soif, j'imagine qu'une bière fraîche vous ferait plaisir.

- En effet ! Vous imaginez tout à fait bien.

Pendant que Mike pose ses sacoches et ôte son manteau, Julia se précipite à la cuisine et ressort, quelques minutes plus tard, un plateau à la main.

- Mais ne restez pas debout, suivez-moi au salon. Vous y serez plus à l'aise pour vous désaltérer.

Sans même attendre de réponse, la jeune femme lui saisit le bras et l'entraîne dans le salon.

- Mettez-vous là, dans ce canapé ! Il est très vieux mais ne vous en faites pas, il est encore très efficace.

Tout en écoutant, Mike jette un œil sur le siège. Il constate en effet que ce dernier n'est plus de première jeunesse, son cuir marron est fragmenté comme une terre aride. Peu importe, il doit pouvoir soulager son dos défait par ses deux dernières escapades. C'est donc avec plaisir qu'il se laisse glisser dans le sofa et entame le verre si gentiment proposé par Julia.

Au même instant, à l'extérieur, la voiture suiveuse se gare de l'autre côté de la place. Le chauffeur est ses trois comparses discutent sans montrer le moindre signe d'inquiétude.

- J'ai comme l'impression que ce type va nous faire traverser tout le pays.

- Et moi, je crois que c'est ici que son voyage s'arrête.

- Comment peux-tu en être si sûr Johnny ?

- Une intuition, répond le conducteur.

- Toi et tes intuitions ! On commence à les connaître, réplique ironiquement un troisième homme. La dernière fois, tu nous as fait le même coup et résultat, on a perdu un temps fou avant de régler l'affaire.

- Taisez-vous, interpelle le quatrième bonhomme qui, de toute évidence, est le chef de l'expédition. Il ajoute en sortant son téléphone portable : j'ai besoin du silence pour appeler le patron. Alors, chut !

Bernie, c'est le nom du meneur de la bande, compose le numéro et colle l'appareil contre son oreille. En une fraction de seconde, une voix se fait entendre :

- Oui, allô !

- C'est Bernie, patron.

- Et bien, où en êtes-vous ?

- Le motard vient d'entrer chez une femme. Pour le moment on est en planque et on surveille la baraque.

- Parfait, continuez comme ça ! Et surtout dégotez-moi au plus vite ces papiers.

- Vous pouvez compter sur nous patron, on s'en occupe !

- Dès que c'est fait, prévenez-moi !

Sans attendre la réponse, l'homme raccroche.

- Alors, qu'est-ce qu'il a dit, demande Johnny.

- Monsieur Brandon veut qu'on agisse tout de suite et que je l'appelle dès que c'est fini.

Brad et Fred, les deux autres acolytes assis à l'arrière, se regardent et paraissent plutôt perplexes.

- Avant d'intervenir, je crois qu'il faudrait inspecter les lieux et vérifier combien de personnes vivent dans cette bicoque, s'exclame Fred.

- Je suis d'accord avec lui, lance son voisin. On ne doit pas foncer tête baissée.

- Qui te parle de foncer tête baissée, rétorque Bernie. Tu me prends pour un imbécile ou quoi ? Pour ta peine, attrape les jumelles et va me contrôler tout ça ! Et surtout, ne traîne pas en route !

Malgré son air désapprobateur, Brad sort du véhicule et s'avance discrètement en observant les alentours. Tout est calme ! Il s'accroupit derrière un banc situé à quelques mètres et, fenêtre par fenêtre, amorce une analyse précise de la maison. L'homme réussit, grâce au système infrarouge, à détecter la présence de trois individus. Après une dernière vérification, Brad s'empresse de retourner à la voiture afin de faire son rapport à ses collègues.

Bernie n'attend pas que son éclaireur ferme la portière :

- Grouille-toi ! Quelle est la situation ?

- D'après ce que j'ai pu voir, ils sont seulement trois, deux en bas et un enfant à l'étage.

- Un enfant, s'exclame Fred ! Mais ça change tout ; il n'est pas question de faire du mal à un miochBe.

- Qui te parle de lui faire du mal, dit Brad.

- Il a raison, ajoute Johnny. Je n'ai jamais fait de mal à un petit et ce n'est pas maintenant que je vais commencer.

- Silence, lance Bernie ! Vous commencez vraiment à me casser les pieds. C'est encore moi qui commande ici ! Il est clair que la situation a changé. Trouvons un hôtel et passons la nuit à mettre une stratégie au point.

- Ok chef, répond ironiquement Johnny, je mets le moteur en route.

- Arrête de faire le malin et conduis-nous immédiatement à la ville la plus proche. On reviendra demain matin pour exécuter notre mission.

Les trois sbires acceptent avec soulagement la décision de leur chef.

Sans la moindre idée de ce qui se trame au-dehors, Julia et Mike terminent leur conversation.

- Marina sera tellement contente de vous voir demain. La connaissant, elle ne vous laissera pas dormir bien longtemps.

- En parlant de dormir, moi j'irais bien me coucher, dit Mike.*- Vous avez raison, il se fait tard. La chambre se situe au deuxième étage, sous les toits. Ça ne vous dérange pas au moins ?

- Non pas du tout, répond le motard en se levant.

Débarrassé de ses fringues, Mike s'enfonce avec satisfaction dans le lit et plonge aussitôt dans un profond sommeil…

Ce n'est pas la lumière du jour qui réveille notre motard mais bien la petite Marina.

- Bonjour, lance-t-elle en sautant sur le lit. Tu es revenu, c'est super !

- Je te l'avais promis, répond Mike encore tout vaseux. Mais dis-moi, tu ne devrais pas être à l'école ?

- Avant d'y aller, je voulais te faire la bise.

- Alors, qu'est-ce que tu attends !

En un clin d'œil, la gamine, toute souriante, s'élance au cou de l'homme et l'embrasse.

- Ce midi, je me dépêcherai de sortir de classe. J'espère que tu seras encore là, ajoute l'enfant.

- Ne t'inquiètes pas, je suis ici pour plusieurs jours.

Sur ces dernières paroles, la fillette éclate de joie et, sans traîner, sort de la chambre en courant.

Malgré cette envie de profiter encore un peu du confortable lit, Mike se lève ; une bonne odeur de café lui titille le nez.

- La nuit a été bonne, demande Julia en découvrant Mike à l'entrée de la cuisine.

- J'ai dormi comme un loir ; ça fait bien longtemps que cela ne m'était pas arrivé.

- J'ai bien dit à Marina de vous laisser, mais elle n'en fait qu'à sa tête. Je suis désolée qu'elle vous ait réveillé aussi tôt.

- Ne le soyez pas, au contraire ! C'est magnifique un réveil comme celui-là ! Vous auriez dû voir ses yeux, ils pétillaient de bonheur. J'aurais tant voulu croiser ce genre de regard dans les yeux des enfants que je rencontrais lors de mes expéditions humanitaires.

- Venez vous asseoir, interrompt Julia. Vous allez prendre votre petit déjeuner et en même temps, si vous êtes d'accord, vous allez me raconter vos missions.

- Pour le petit déjeuner, c'est ok ! Par contre, pour le reste, je préférerais en parler un autre jour.

- Je suis vraiment stupide. Pardonnez-moi ! Je n'aurais pas dû vous remettre en mémoire des événements qui, j'imagine, devaient être durs à supporter.

- Ils l'étaient en effet. Mais ne vous en faites pas, vous ne pouviez pas savoir. Et puis, c'est moi qui ai commencé…

Le reste de la matinée, Julia décide d'emmener Mike pour une visite du marché. Cet événement hebdomadaire se déroule sur la place du village et attire à chaque fois tous les habitants des environs. Tout le monde parle, plaisante, déambule et enfin choisit les meilleurs produits du terroir. Des villageois, assis à la terrasse du seul troquet de la bourgade, reconnaissent notre motard et le saluent de la tête. D'autres, passant à ses côtés, l'honorent d'une bonne poignée de main et d'un superbe sourire.

- Quel effet ça fait d'être devenu l'une des personnes les plus importantes du patelin, demande Julia.

- Je ne sais pas quoi dire, je suis plutôt surpris et aussi gêné de cette situation.

- Quelle idée ! Il ne le faut surtout pas, vous avez accompli un geste admirable en sauvant la vie de mon enfant.

- J'ai fait ce que ma conscience m'a dicté.

Possible ! Mais pour moi c'est un acte qui mérite le plus grand respect.

Tout en continuant de converser, le couple flâne entre les étals. Les camelots se sont appliqués à présenter leurs produits de la meilleure façon qu'il soit. De temps en temps, une voix s'élève et vante la qualité de tel légume ou bien encore de tel fruit. Julia et son invité s'accordent, avant de rentrer, quelques haltes afin de faire des achats pour le déjeuner.

- Voilà ! J'ai fini, lance Julia. Il faut se dépêcher de regagner la maison, ajoute-t-elle. Midi approche et Marina va à coup sûr se précipiter pour vous voir.

- Alors, accélérons le pas, confirme Mike.

La cloche de l'école retentit, les enfants quittent tranquillement leurs classes. Sauf Marina ! Elle se précipite dans la cour et se met à courir vers la sortie.

- Dès qu'elle franchit la grille, tu avances avec prudence à ses côtés, lance Bernie. Juste avant qu'elle n'arrive au bout de la rue, tu t'arrêtes. Toi Brad, tu attrapes la gamine.

- Et surtout tu ne lui fais pas de mal, rétorque Fred. Et il ajoute, c'est bien ce qu'on a dit hier en élaborant notre plan.

- Ne te tracasse pas ! On va y faire attention à ta mioche, réplique Bernie.

Johnny n'attend pas que la conversation cesse, il démarre et roule doucement. Les quatre malabars ne quittent plus l'enfant des yeux… Soudain, à peine la fillette atteint l'arrière du véhicule que Brad ouvre la portière, saisit Marina par la taille et la tire à l'intérieur. L'action ne dure qu'une fraction de seconde ! En un clin d'œil, la voiture disparaît au bout de la ruelle.

Après quarante bonnes minutes de préparatifs, le déjeuner est prêt. Julia se montre plutôt heureuse d'avoir un homme à la maison. Ça fait bien longtemps que cela n'était pas arrivé ! Une fois que tout est en place, elle jette un œil sur l'horloge. Il est plus de 12 heures 30 et pourtant sa fille n'est pas encore rentrée.

- Je ne comprends pas, dit-elle à Mike, d'habitude Marina est déjà là. Elle a plus de 15 minutes de retard, ça ne lui ressemble pas.

- Elle traîne peut-être en route. Si ça tombe elle parle de moi à ses copines.

A peine Mike finit sa phrase que la sonnerie du téléphone retentit dans la salle à manger.

- Allô !

- Oui, madame Miller ?

- C'est bien moi, à qui ai-je l'honneur ?

- Pourriez-vous me passer votre mari, s'il vous plaît ; je voudrais lui parler.

- Mais qui êtes-vous ? Qu'est-ce que cette mauvaise plaisanterie, insiste-t-elle d'une voix agacée ?

- Ce n'est pas une plaisanterie madame Miller. Passez-moi votre mari tout de suite !

- Vous êtes un idiot monsieur ! Mon mari m'a quittée voilà cinq ans, alors laissez-moi tranquille !

Enervée, elle raccroche le combiné d'un geste énergique.

- Vous avez des ennuis, demande Mike en remarquant l'air contrarié de Julia.

- Oh ce n'est rien ! Un affreux minable qui…

La jeune femme n'a pas le temps de terminer son propos que le téléphone sonne de nouveau.

- Ne coupez-pas madame Miller. J'ai ici une très jeune personne qui, à mon avis, compte énormément pour vous. Une certaine Marina…

- Oh ma petite fille, s'écrie la mère affolée ! Mais qui êtes-vous ? Que voulez-vous ?...

- Pas de questions inutiles madame Miller ! Pour la dernière fois, je vous demande de me passer l'homme qui est en ce moment à vos côtés.

- D'accord… Mais je vous en supplie, ne faites pas de mal à ma fille.

Dans la voix de Julia, Mike perçoit de l'angoisse et aussi du désarroi. Quelque chose d'anormal est en train de se dérouler ! Mais quoi ?

- C'est pour vous Mike, articule difficilement Julia en tendant le téléphone.

- Pour moi ! Personne ne sait que je suis ici.

- Je vous en prie Mike, prenez et parlez-lui, c'est très important.

- Allô, ici Mike Linot ! Qui êtes-vous ?

Que voulez-vous ? Et il ajoute d'une voix vigoureuse : arrêtez immédiatement de tourmenter madame Miller !

- Calmez-vous monsieur Linot ! La seule chose qui importe, ce sont les documents.

- Quels documents ? Je ne vois pas du tout de quoi vous voulez parler.

- Vous êtes bien le frère de Franck Linot, le journaliste ?

- En effet, mais quel rapport, demande Mike qui commence à s'énerver ?

- Ne faites pas l'innocent ! Votre frère a réuni, voilà plusieurs mois, des papiers pour un article. Il s'avère que mon patron n'apprécie pas, mais alors pas du tout les indiscrétions de votre frère. Aussi monsieur Linot, pour que tout rentre dans l'ordre et que rien ne provoque de situation regrettable, nous vous conseillons vivement de nous remettre ces documents. Suivez à la lettre nos instructions et aucun mal ne sera fait à la petite Marina, si vous voyez ce que je veux dire.

- Vous n'êtes que des lâches pour vous en prendre à un enfant ! Je vous préviens, si vous touchez à un cheveu de cette gamine, vous ne l'emporterez pas au paradis !

- Pas de menace inutile, monsieur Linot ! Vous n'êtes pas en mesure de le faire. Nous reprendrons contact avec vous dans une heure. Ça vous laisse suffisamment de temps pour réfléchir à la situation. Nous vous donnerons à ce moment-là les instructions nécessaires pour l'échange. Dernière chose monsieur Linot, pas de police ! Pensez à la petite !

Sur cette dernière recommandation, l'homme raccroche. Un silence de plomb règne quelques instants dans la pièce, et puis soudain :

- Mike, ils ont enlevé Marina !

- Je suis vraiment désolé de ce qui vous arrive. Je ne pouvais pas deviner qu'ils me suivraient.

- Mais qui et pourquoi, demande Julia les larmes aux yeux ?

- Qui ? Je ne sais pas, je ne les connais pas.

- C'est là votre seule réponse, lance Julia qui oublie ses pleurs et commence à s'agiter.

Mike ne veut pas effrayer Julia en lui révélant que ces hommes sont certainement les assassins de son frère. Pourtant il doit bien donner des explications… Après mûre réflexion, il opte quand même pour la vérité.

- Allons nous asseoir, dit-il. Je vais tout vous raconter. Avant de venir, j'avais décidé d'aller rendre une petite visite à mon frère Franck ; ça faisait longtemps qu'on ne s'était pas revu. Mais lorsque je suis arrivé, il venait de mourir.

- Oh ! Je suis désolée Mike. Je n'aurais pas dû vous parler ainsi. Pardonnez-moi, je ne…

- Ne vous en faites pas, vous ne pouviez pas deviner. D'après le commissaire, il travaillait sur une affaire d'escroquerie.

- Un commissaire ! Mais pourquoi la police ?

- Il faut tout de même que vous sachiez que mon frère a été retrouvé chez lui avec une balle en pleine tête.

- Mais alors, ces hommes là dehors, ce sont eux qui l'ont assassiné… Ils vont tuer Marina !

Affolée, Julia se lève subitement et entame un va et vient dans le salon. Soudain, elle s'arrête, son visage change de couleur, ses jambes fléchissent légèrement. Et puis tout à coup, elle s'écroule par terre.

- Vas-y Bernie ! Tu peux les rappeler, Lance Johnny.

- Arrête de m'emmerder ! J'ai dit dans une heure, alors ce sera dans une heure et pas avant.

- Crois-tu qu'il va rendre ces foutus documents, demande Fred.

- Mais oui, il n'a pas le choix. Il y va de la vie de la petite.

- On a dit qu'on ne lui faisait pas de mal, rétorque immédiatement Johnny.

- Et moi je n'ai pas dit que j'allais la buter, répond Bernie. Mais pour que notre fonctionne, il faut qu'ils le croient.

- T'as raison Bernie.

- C'est pour cette raison que je suis le chef. Mets en route la bagnole, on retourne à la planque !

Les trois hommes pénètrent dans le living d'une maison qu'ils ont décidé de squatter pendant la transaction.

- Alors, demande Brad qui est resté pour surveiller la petite Marina ?

- Pour le moment, tout es ok, répond Bernie. Comment va la gamine, questionne le chef de la bande ?

- Elle n'a pas cessé de pleurer et d'appeler sa mère. Je ne…

- C'est normal, coupe Fred ! Mets-toi à sa place, on vient quand même de la kidnapper. Elle doit avoir la frousse.

Pendant la discussion, Johnny, debout devant une fenêtre, semble soucieux.

- Quelque chose te tracasse Johnny ?

- En effet Bernie ; t'es le chef et je ne conteste pas, mais…

- Mais quoi, demande Bernie plutôt agacé ?

- Et si ce mec savait que dalle ? Si on l'avait suivi pour des prunes !

- Et si… Et si… Et si… Arrête avec tes si ! Il est forcément au courant de tout !

- Et comment en es-tu aussi sûr, demande à son tour Fred. Johnny a peut-être raison, ce type ne sait peut-être rien et…

Fred n'a pas le temps de finir sa phrase que le portable de Bernie s'agite.

- Allô !

- Alors Bernie, où en êtes-vous avec cette histoire ? Vous deviez me rappeler ! Vous avez les documents ?

- Pas encore patron, mais c'est une question de minutes. Nous avons pris la gamine d'une amie à lui pour...

- Quoi ! Vous avez enlevez une fille ?

- Oui, c'est pour obliger le motard à nous donner les papiers. Elle servira de monnaie d'échange.

- Bonne idée ! Mais il n'est pas question de la rendre, elle connaît vos visages. Les flics n'auraient aucune difficulté pour remonter à nous. Compris pas de risque inutile !

- Ce sera fait, répond péniblement Bernie.

Les trois autres hommes regardent leur chef l'air plutôt inquiet. Ce dernier n'a pas l'habitude de prendre une telle attitude et de répondre de cette manière.

- Qu'est-ce qui se passe, questionne Johnny ? C'est bien la première fois que je te vois comme ça.

- Je ne sais pas comment vous dire...

- Arrête de tourner autour du pot, continue son interlocuteur, ce n'est pas ton genre !

- Le boss est content de notre plan…mais, dès qu'on a récupéré les papiers, il faut…

- Il faut quoi, s'énerve Fred.

- Le patron veut qu'on supprime la petite.

- Quoi, s'écrie Brad ! Mais ce n'est pas vrai, il ne peut pas nous ordonner de faire ça ! Je n'ai jamais buté une gamine et ce n'est pas maintenant que je vais commencer.

- Il a raison ! Moi non plus je ne le ferai jamais, ajoute Fred.

- Tu crois que ça me fait plaisir à moi de devoir buter une innocente, lance Bernie.

Au même instant, Mike, qui vient de ranimer Julia, la transporte vers le canapé. La santé de la jeune femme reste fragile, et il lui faut encore quelques minutes pour refaire surface.

- Alors, ça va mieux ? Voulez-vous boire un peu d'eau ?

- Oui, merci Mike. Je ne comprends pas ce qui s'est passé, ça ne m'était jamais arrivé auparavant.

- C'est uniquement le contrecoup du choc que vous venez de recevoir. Ne vous en faites pas.

- Ne pas m'en faire… Mais c'est la vie de ma fille qui est en jeu !

- J'en suis conscient Julia, et j'y ai longuement réfléchi. D'ailleurs, j'ai décidé de faire une proposition à ces bandits.

- Une proposition ?

- Oui ! Je vais exiger qu'ils me prennent à la place de Marina ; en échange, je les conduirai aux documents.

- Mais alors, vous savez où ils sont !

- Non, je n'en ai aucune idée ! Mais comme ces vauriens sont convaincus du contraire, il faut qu'ils continuent de le croire.

- Admettons qu'ils acceptent l'échange, qu'allez-vous faire lorsqu'ils découvriront la supercherie.

- Ce n'est pas le problème immédiat ! Le plus urgent est de sortir Marina des mains de ces truands.

La dernière phrase que vient de prononcer Mike émeut Julia. Elle s'approche de lui et pose la tête contre sa poitrine. Le motard hésite quelques instants…et puis, n'y résistant pas, il enlace tendrement la jeune femme.

Soudain, le téléphone casse brutalement cette minute de réconfort : l'affreuse réalité est de retour !

- Alors monsieur Linot, avez-vous bien réfléchi ? Quelle est votre décision ?

- C'est d'accord ! Je suis prêt à vous remettre les documents, mais à une condition…

- Qu'est-ce que vous dites, s'écrie Bernie ! Vous osez me parler de condition quand c'est moi qui tiens les rênes. Vous êtes un imbécile mon vieux ! La vie de la gamine contre les papiers, pas d'autre alternative !

Mike se rend compte que son interlocuteur n'est pas conciliant, pourtant il essaie encore une fois :

- Ne vous énervez pas ; je veux juste vous proposer de m'échanger contre la petite. Ce n'est encore qu'une enfant, elle n'est en rien responsable de tout ça.

Sur cette dernière affirmation, Bernie ne répond pas tout de suite ; il semble bien que l'homme réfléchit quelques instants…

Mike, qui l'a compris, insiste de nouveau :

- Je constate que vous pensez comme moi et que vous estimez Marina innocente par rapport à notre affaire.

- Bon, c'est OK ! Mais attention pas d'entourloupe !

- Je vous en donne ma parole.

D'un côté comme de l'autre, le soulagement s'est instauré. Julia reprend confiance lorsque Mike l'informe de la décision des kidnappeurs. Les hommes de Bernie, quant à eux, sont satisfaits du choix de leur chef. Il semble bien que dans quelques minutes, les épreuves de la fillette soient terminées…

Marina, malgré la tristesse et la peur de la situation, sèche enfin ses larmes. Couchée sur le lit d'une chambre qu'elle ne connaît pas, encore toute tremblante, elle ne pense qu'à une seule chose : revoir sa maman. Et puis, en une fraction de seconde, la voilà qui s'assoit sur la couchette. Une question lui martèle l'esprit :

- Pourquoi Mike n'est-il pas venu pour me sauver ?

Pas le temps d'une réponse ! La porte s'ouvre brutalement et laisse apparaître son geôlier. L'enfant saisit l'édredon et s'y cache, espérant ainsi avoir une bonne protection contre cet horrible bonhomme.

- Sors de ta cachette petite, tout est fini, on te reconduit chez toi.

A peine Marina entend-elle cette dernière phrase que la voilà qui se dégage et qui saute du lit. Sa figure a complétement changé d'expression, elle respire la joie.

- Alors, c'est vrai ! Je rentre à la maison ?

- Puisque je te le dis, ajoute Brad. T'es contente hein !

- Ho oui ! Mais on ne dit pas hein, ce n'est pas poli ; d'ailleurs maman me l'interdit. Tu dois dire : n'est-ce pas.

- Arrête de n'ennuyer avec tout ça ! Allez, dépêche-toi !

Dans sa réponse, Brad abandonne un regard plutôt amusé. Il se dit que jamais personne n'aurait touché à un seul cheveu de cet enfant, même pas Bernie. Ce n'est pas dans son habitude de désobéir au patron, mais là, c'aurait été différent. Dans son esprit, les enfants sont des êtres innocents que les adultes doivent préserver…

Comme prévu, Julia et Mike se rendent sur les lieux du rendez-vous. Ils s'assoient sur un petit pont qui surplombe un cours d'eau situé aux abords du village. Ils sont de plus en plus inquiets car les kidnappeurs ne se présentent pas encore… Au bout de cinq minutes, une grosse voiture grise s'approche lentement et se gare de l'autre côté, à quelques mètres du couple. Après plusieurs secondes, la portière arrière gauche s'ouvre. Un homme de grande taille (Brad), la mine plutôt sévère et les cheveux ras, sort du véhicule en tirant avec lui Marina. A peine la gamine voit-elle sa mère que son visage s'éclaircit. De l'autre côté de la route ; apercevant son enfant, Julia laisse échapper de nombreux cris de joie. Heureusement que Mike la retient sinon elle traverserait, sans même réfléchir, la route pour récupérer sa fille. Une deuxième portière s'ouvre pour laisser apparaître un deuxième homme : c'est Bernie. Même si ce dernier est légèrement plus petit, sa musculature semble plus importante. Il en impose ! De son visage carré et chauve, aucun sentiment ne s'échappe.

- Avancez jusqu'à la moitié de la route monsieur Linot, annonce froidement l'homme en regardant Mike droit dans les yeux. Et surtout pas de connerie, ajoute-t-il.

- D'abord, laissez partir la petite.

- Pas d'ordre, rétorque Bernie ! Nous la lâcherons dès que vous serez à mi-chemin.

N'ayant pas le choix, Mike s'exécute… Soudain, arrivé au milieu de la route, sur la droite, un bruit sollicite son attention. C'est une voiture de police qui roule dans leur direction. Le chef de la bande, croyant à un guet-apens, pointe d'un geste éclair son revolver en direction du motard et s'écrie :

- Mais, qu'est-ce que c'est que ça ? Vous n'avez pas tenu votre promesse. On avait dit pas de police ! Puisque c'est comme ça, c'est moi qui mène la barque maintenant. Avancez vers moi et attention n'essayez surtout pas de faire le malin.

- Vous faites erreur, on ne les a pas appelés.

- Pas de mensonge ! Allez, avancez !

- C'est la vérité, je vous je jure !

Notre motard ne raconte pas d'histoire. Les policiers, assis dans le véhicule qui s'est rangé au bout de la rue, sont trop loin et ne remarquent pas ce qui se déroule à l'entrée du village. Ils préparent soigneusement leur mission : les contrôles de vitesse.

Dès que Mike atteint la limousine, Bernie l'oblige à monter derrière. Une fois tout le monde à l'intérieur, il lance à Johnny :

- Vite, on dégage !

Le chauffeur exécute immédiatement l'ordre qu'il vient de recevoir.

Julia, qui a assisté à toute la scène, est complètement désemparée par la tournure des événements. Elle reste tout d'abord immobile, ne sachant pas quoi faire. Ensuite, maîtrisant enfin ses émotions, elle reprend courage et décide de prévenir la police. Elle se met à marcher en direction des contrôleurs de vitesse. Mais, arrivée à une bonne cinquantaine de mètres de la voiture, elle s'arrête. Elle se souvient des consignes de Mike. « Si jamais la transaction ne se déroule pas correctement, voici le numéro de téléphone du commissaire Roberts. Racontez-lui tout et dites-lui bien que j'emmène les gangsters chez mon frère. Et surtout, n'appelez personne d'autre ».

Dans la voiture qui roule plutôt vite, tout le monde s'agite. Trois des quatre sbires, ne supportant plus les pleurs de Marina, marquent leur désaccord en fronçant les sourcils. De son côté, Brad tente de consoler la gamine. Il passe délicatement la main dans les cheveux de la fillette.

- Fais la raire, demande tout à coup Johnny. J'en ai marre de l'entendre chialer ! Si ça continue comme ça, je vais faire une connerie, ajoute-t-il.

- A ton avis, dit Brad. Qu'est-ce que je fais depuis tout à l'heure ? Essaie quand même de la comprendre ! On lui dit d'abord : «  tu vas retourner chez toi ». Et puis une demi-heure plus tard : « désolé, mais tu ne rentres plus ».

- Et alors, intervient Fred, ce n'est pas de notre faute. Si cet idiot n'avait pas prévenu les flics, elle serait maintenant avec sa mère.

- Il a raison, confirme Bernie. Et de plus, maintenant il va falloir obéir au patron.

Pendant plusieurs minutes, cette dernière phrase laisse planer dans la voiture une sensation de malaise. Mike observe un à un, le visage de chaque bandit. Il ne comprend pas tout de suite ce qui se trame. Pourtant, il se rend bien compte que quelque chose tracasse ces hommes. Mais quoi ? Soudain, Brad se tourne vers son chef et, le regard plutôt puissant, lance :

- Jamais je ne ferai ça ! Tu m'entends bien Bernie, jamais !

- C'est un ordre du patron, rétorque le chef de la bande. On n'a pas le choix, il faut l'exécuter !

- Ordre ou pas, je te le dis que personne ne touchera à cette petite.

- Arrête de faire le mariole, on n'a jamais discuté les ordres de monsieur Brandon, et ce n'est pas maintenant que ça va changer.

- Je te répète : personne ne fera de mal à cette fillette ! Et quand je dis personne, c'est personne, pas même toi !

La tension monte… Désormais, Johnny et Fred, les deux autres acolytes, semblent également de l'avis de Brad. Ils interviennent pour montrer leur désapprobation. Pour eux non plus, il n'est pas question d'assassiner Marina.

Cette fois-ci, Mike commence à réaliser la gravité de la situation. Sans hésiter une seconde, il décide de prendre la défense de l'enfant :

- Je vous en prie, ne faites pas ça ! Marina vient tout juste d'avoir sept ans !... Vous n'allez quand même pas l'abattre, comme ça de sang-froid, sacrifier sa vie juste pour une vulgaire histoire de papiers.

- Silence ! Occupez-vous seulement de nous indiquer l'endroit où sont planqués les documents et rien d'autre, s'écrie Bernie qui perd patience.

- Uniquement si vous la relâchez, répond aussi sec Mike. Rappelez-vous notre accord.

- Maintenant, vous arrêtez de faire le malin ! Il n'est plus question d'accord, vous n'avez pas respecté votre part de marché. Si vous n'aviez pas appelé les flics, on n'en serait pas là.

- Ecoutez-moi bien Bernie, vous êtes peut-être le chef de la bande, mais question lucidité, vous n'y êtes pas du tout. Je vous répète pour la dernière fois que je ne les ai pas contactés. D'ailleurs, si vous regardez derrière, vous remarquerez qu'il n'y a pas une seule voiture de police.

Johnny, qui tient le volant, est obligé de regarder dans son rétroviseur ; les trois autres gangsters se retournent. Ils constatent en effet qu'aucun flic ou gendarme n'est en train de les suivre. Un assez long moment de réflexion flotte dans l'esprit des malfaiteurs. Mike se rend bien compte que ce qu'il vient de dire les fait douter. Il n'a plus qu'une seule idée en tête, continuer jusqu'à ce que ses quatre kidnappeurs acceptent de libérer Marina. Le voilà qui en remet un coup :

- Je vous assure que j'ai observé à la lettre vos exigences. Je ne suis quand même pas idiot au point de risquer la vie d'une petite fille.

- Ecoute Bernie, intervient Fred, je ne sais pas ce que toi tu penses, mais pour ma part, je crois que ce mec dit la vérité.

-Si les flics étaient au courant, souligne Brad, tu peux être sûr qu'ils seraient à nos trousses et qu'ils tenteraient par tous les moyens de nous arrêter.

- Laisse-la partir, insiste Johnny. En ce qui concerne le patron, il suffira de lui dire qu'elle a réussi à nous échapper.

- Et tu t'imagines qu'il va gober ça, répond Bernie.

C'est le moment idéal pour lancer sa dernière carte, ce dit Mike :

- Il sera bien trop heureux d'avoir récupéré ses documents que pour songer au devenir de la gamine.

- Il a raison, poursuit Bras. Relâchons-la !

Bernie ne répond pas tout de suite, il cogite longuement ; il observe l'enfant et comme si un ange venait de lui délivrer intérieurement un message, le voilà qui lance :

- Bon, c'est d'accord ! Mais attention Mike Linot, n'oubliez surtout pas que nous connaissons votre adresse. Le moindre faux pas et nous revenons ! Et ce jour-là, il ne sera plus question d'hésitation. Vous y passerez tous ; j'ai bien dit tous !

- Soyez sûr que la petite ne dira rien, et nous non plus, je vous le jure !

Même si la réponse de Mike est favorable à ces voyous, il ne souhaite qu'une chose, c'est que le résultat de cette expédition ne finisse pas en leur faveur. Pour le bien de Marina, il doit jouer le jeu de ces quatre types.

Après de houleuses délibérations, tout le monde adopte la même résolution : la gamine, une lettre d'explication en main, sera déposée dans la cour d'une école.

Dès que le commissaire Roberts pénètre dans la salle de réunion du commissariat central, ses collègues cessent de bavarder.

- Bien, tout le monde est là ?

- Oui, rétorque son adjoint.

- Alors ne perdons pas de temps ! Avant tout chose, je crois qu'il est inutile de vous relater les faits concernant le meurtre du journaliste Franck Linot. Vous avez tous pris connaissance du rapport. Ce qui importe aujourd'hui, c'est d'arrêter les assassins.

- Pourtant, intervient un officier de police, aucun nom n'est mentionné dans ce rapport.

Exact ! Mais, je viens juste de recevoir l'appel téléphonique d'une femme qui connaît le frère de la victime : Mike Linot. Rappelez-vous, c'est ce motard qui est arrivé le soir de la découverte du corps.

La plupart des policiers présents dans la salle répondent par l'affirmative.

- Parfait, je continue ! Voici en gros ce qu'elle m'a raconté : « Sa fille, une certaine petite Marina, et Mike Linot sont en ce moment les otages de quatre malabars ».

- Et alors ! Quel rapprochement, demande un autre flic ?

- D'après elle, « ces quatre gars seraient les assassins du journaliste. Mike Linot les dirigerait en ce moment vers la maison de son frère. Il aurait réussi à leur faire croire que les documents qu'ils recherchent sont cachés dans cette maison ».

- Dans le dossier, il est écrit que c'est nous qui les avons récupérés, intervient un troisième homme.

- Encore exact ! Mais pour l'instant, aucune information n'a filtré. C'est tout à fait CONFIDENTIEL ! Notre branche spéciale enquête toujours sur cette affaire qui semble-t-il est de niveau international. Par ailleurs, elle impliquerait également de grosses pointures de notre pays.

Cette dernière information provoque un brouhaha auprès des officiers de police.

- Du calme ! Je comprends votre tout à fait votre réaction. Je sais comme vous, que les vies de l'enfant et de ce type sont menacées. Aussi, je propose de mettre au plus vite un terme à leur calvaire… Dépêchons-nous, tous au boulot !

Sans précipitation, mais avec diligence, tous les agents participent à la mise en place d'une embuscade. Afin de réduire les risques au minimum, ils l'étudient avec précision.

- Surtout, faites gaffe ! Ces hommes-là sont des professionnels, ils n'hésiteront pas à tirer. Encore une chose, ajoute Roberts, n'oubliez-pas votre gilet pare-balles. Plus question d'avoir des veuves qui viennent pleurer dans cette brigade. C'est clair !

La voiture avance maintenant en direction du domicile de Franck, le frère de Mike. La rue est trop tranquille au gré de Bernie.

- Ne t'arrête pas, lance le chef de la bande. Fais le tour du quartier, je veux examiner les alentours. On ne sait jamais, des flics sont peut-être en train de nous attendre.

Mike, le visage crispé, observe également les lieux. De son côté, il ne souhaite qu'une chose, c'est que Julia ait eu suffisamment de temps pour prévenir le commissaire Roberts.

Lentement, la berline passe en face de la maison du journaliste. Aucun véhicule ne semble suspect aux yeux de Bernie.

- Je ne vois rien, annonce Fred.

- Moi non plus ! ajoute Brad.

- Repasse encore une fois devant, réplique Bernie, je veux en être tout à fait sûr.

Johnny exécute sans rechigner une deuxième reconnaissance... Le second voyage terminé, il gare la voiture de l'autre côté de la rue, à une bonne vingtaine de mètres.

- Ecoute-moi bien Brad, je veux que tu contrôles chaque pièce, chaque placard de cette baraque. Et surtout, continue le chef, n'oublie pas les micros ; il faut s'attendre à tout avec ces flics.

- C'est comme si c'était fait ! J'espère au moins qu'il a les clés, ajoute Brad en jetant un œil sur Mike.

- Donnez-les, lance Bernie en se retournant sur le Biker.

Ce dernier se rend bien compte qu'il n'a pas le choix. Il sort un trousseau de la poche de son manteau et tend la main en direction de son interlocuteur. Dans sa tête, une idée fixe qui lui trotte toujours l'esprit : «  Pourvu que Julia ait contacté la police. Pourvu que Roberts soit là, à l'affût avec ses hommes ».

La porte d'entrée refermée, Brad fait demi-tour, dégaine un browning et en ôte le cran de sécurité. C'est l'esprit déterminé qu'il pointe son arme vers l'avant et avance lentement. Il longe les murs du couloir, explore au fur et à mesure le living, la cuisine, la salle de bains et toutes les autres pièces. Persuadé que l'endroit est vide, il sort un petit appareil électronique et entame une investigation minutieuse des lieux… Au bout de quinze minutes, satisfait de n'avoir rien découvert, il saisit son téléphone portable et appelle son chef :

- Rien à signaler, tout va bien !

- Parfait ! On arrive, répond Bernie. Va-s-y Johnny, gare-toi devant cette baraque, ajoute-t-il.

Mike vient de comprendre que la police n'est pas là : « Et dire qu'il ne connaît pas l'endroit où sont cachés ces documents ».

Dissimulé sur le toit de l'immeuble d'en face, le doigt sur la gâchette de son fusil, un tireur d'élite observe la scène à travers la lunette de visée.

- Ici épervier n°6, m'entendez-vous n°1 ?

- Epervier n°1, rétorque le commissaire Roberts, je vous écoute numéro 6.

- Désolé, mais je ne vois pas d'enfant dans la voiture.

- Vous en êtes sûr ?

- Tout à fait numéro 1 !

- Bien reçu numéro 6. Terminé !

L'annonce du tireur embusqué déconcerte le commissaire et son adjoint, l'inspecteur Alain Garba. Ils suspendent aussitôt l'intervention.

- On arrête tout ! Restez à votre place et attendez les ordres.

Les hommes postés aux alentours obéissent d'emblée aux instructions de leurs chefs. Planqués dans une camionnette banalisée, située à quelques mètres à peine des gangsters, les responsables de l'embuscade tentent de parer au plus pressé :

- Ils doivent détenir la fillette dans un au endroit. Un lieu gardé par un type qui, au moindre accroc, est prêt à la zigouiller.

- Exact ! C'est pour cette raison qu'il ne faut pas prendre de risque, réplique Roberts. Nous devons agir avec beaucoup de prudence, ajoute-t-il.

- D'accord, mais il ne faut quand même pas traîner. Ce Mike n'est au courant de rien. Lorsque ces types comprendront qu'ils se sont fait avoir, ils ne le ménageront pas. Ils le tabasseront et ils…

L'inspecteur Alain n'a pas le temps de finir sa phrase, voilà que le téléphone de son chef résonne.

- Ici Roberts, j'écoute !

- C'est Phil, commissaire. J'ai une bonne nouvelle, la gamine, vous savez Marina…

Et bien quoi la petite Marina, ne tournez pas autour du pot mon vieux. Allez-y, accouchez !

- Ça fait 2 heures qu'ils l'ont relâchée. Elle est saine et sauve, et déjà de retour chez elle.

- Splendide ! Merci bien Phil.

- Que se passe-t-il ?

Marina n'est plus avec eux ! Elle est libre, insiste Roberts d'un air soulagé.

- Alors, on y va… On fonce ?

- Oui Alain, on fonce !

Sans attendre, les hommes reçoivent les directives. Même si ce ne sont pas des spécialistes en prises d'otages, ils se préparent en un temps record.

- Ici numéro 1 ! A mon signal, on donne l'assaut. Et bonne chance à tout le monde !

Chaque policier présent sur cette mission est à l'écoute, une forte émotion l'envahit et son cœur bat très fort. Sur le toit, prêt à intervenir, chaque tireur d'élite ôte le cran de sécurité de son arme. Tous attendent sans broncher le signal…

Pendant toute cette préparation, les gangsters sont sortis de la limousine, et maintenant ils avancent lentement vers la porte d'entrée. Ils ne remarquent pas la présence des policiers tout autour d'eux. C'est même plutôt sereinement qu'ils atteignent le porche de la maison. Et soudain…

- Go !

C'est le commissaire qui vient de lancer l'opération. En une fraction de seconde, des déflagrations éclatent de partout. Deux bandits, Johnny et Fred, sont abattus d'une balle en pleine tête. Quant à Bernie, il lève les bras et se rend sans condition. Seul, Brad réussit à s'extirper de toute cette agitation et à pénétrer dans la maison. Dans sa fuite, une balle l'a touché au bras gauche ; il laisse des taches de sang sur le sol. Plusieurs policiers les suivent et arrivent sans difficulté aux abords de la cachette du blessé. Un des agents l'intime de jeter son arme et de se rendre au plus vite. Affaibli par sa blessure, Brad est obligé d'accepter la proposition ; il fait glisser sagement son revolver en direction des policiers. Ceux-ci se saisissent sans ménagement du dernier kidnappeur et lui passent les menottes.

- Allez, au fourgon ! Tu vas te faire soigner à l'infirmerie de la prison mon gars, lance ironiquement un des policiers.

Cette fois-ci, tout est bien terminé. Le commissaire se dirige immédiatement vers Mike.

- Je suis bien content de vous voir vivant monsieur Linot.

Et moi, que tout soit enfin fini ! Avez-vous des nouvelles de Marina ?

- Ne vous en faites pas, elle va très bien. A cet instant, je parie même qu'elle recueille les câlins de sa maman.

- J'en suis très heureux, répond Mike.

- Au fait, je dois vous féliciter pour m'avoir mis la puce à l'oreille.

- La puce à l'oreille ?

- Mais oui ! En persuadant madame Miller de m'appeler et de me dire que vous veniez ici, vous m'avez beaucoup aidé. Je n'avais plus qu'à les attendre avec mes hommes, et par la même occasion à tendre un piège à ces bandits. C'est bien ce que vous vouliez ?

- Absolument commissaire !

Satisfait du dénouement, les deux hommes marchent en continuant leur discussion…

Assis dans l'autocar qui le ramène vers Julia, Mike admire le paysage de cette belle vallée. L'envie d'y déposer ses sacoches le grise sans relâche. Le désir de vivre avec Julia l'envahit, une telle sensation ne l'avait pas gagné depuis longtemps, depuis la mort de sa fiancée. Voilà maintenant que le visage de Tatiana lui revient à l'esprit. Il revoit sa beauté slave et il entend encore son accent russe, celui qui l'avait fait craquer. Elle était magnifique et si envoûtante avec sa grande chevelure blonde ! Ce gentil toubib se dévouait corps et âme pour soigner les malheureux. Sauver des vies, rien d'autre ne comptait pour elle. Et puis il y eut ce jour, celui où une mine la terrassa pour toujours, ce jour-là non plus, il ne l'effacera jamais de sa mémoire… Saura-t-il en parler à Julia ? Comprendra-t-elle et surtout, sera-t-elle jalouse de ce souvenir ?

Il est déjà tard lorsque l'autocar se faufile dans l'artère principale du petit village. Le chauffeur, un homme assez sympa, gare l'autobus sur la place, coupe le moteur et actionne le bouton d'ouverture des portes. Deux jeunes militaires en permission descendent et reçoivent les embrassades de leurs parents qui les attendaient. Quant à Mike, personne n'est là pour l'accueillir, pas même Marina. Le biker est plutôt étonné car la veille au téléphone, Julia et sa fille l'avaient assuré de leur présence. Déçu mais impatient de les revoir, il se met à marcher d'un pas ferme en direction de la maison située de l'autre côté. Au fur et à mesure qu'il progresse, l'inquiétude le gagne. Arrivé devant l'entrée, il frappe à la porte… Pas de réponse ! Il toque de nouveau, espérant cette fois découvrir les visages rayonnants de Julia et sa fille. Toujours rien ! Il se décide à tourner la poignée et à pénétrer à l'intérieur. Malgré la lumière qui éclaire la salle de séjour, un silence de plomb règne dans le pavillon. Sans faire le moindre bruit, il avance pas à pas vers le salon. Et là, c'est la stupeur ! Il les découvre, toutes les deux, bâillonnées et ligotées sur une chaise. Brusquement, venant dans son dos, un homme lui colle un revolver sur la tempe et lui lance :

- Pas un geste mon vieux ! Avancez vers le divan et asseyez-vous ! Et surtout ne faites pas le malin, un seul faux pas de votre part et je les descends séance tenante !

- Qui êtes-vous et que voulez-vous, demande Mike en s'installant dans le vieux sofa ?

- Vous ne devinez pas ?

- Pardon, mais je ne suis pas voyant.

- Je vous en prie monsieur Linot, pas d'ironie. Vous avez en votre possession des documents qui m'appartiennent. Vous n'avez pas le choix, vous devez me les restituer. Si vous tenez à la vie de ces deux charmantes personnes, alors agissez au plus vite, rendez-les moi qu'on en parle plus.

Agacé, Mike réalise que cette affaire de papiers n'est malheureusement pas terminée. Il examine la situation et se rend compte qu'elle n'est pas brillante du tout. Pourtant, il doit tirer Julia et Marina de ce mauvais pas. Il réfléchit longuement à une solution…

- Alors ! Je vous écoute, s'impatiente Brandon, où est le dossier que votre journaliste de frère avait préparé ? Je vous préviens, ma patience a des limites ; si dans cinq minutes je ne les ai pas, j'exécute la gamine.

- Ne lui faites pas mal ! C'est d'accord, je vais vous les donner vos foutus documents. Suivez-moi, ils sont dans la chambre.

- Vous devenez enfin raisonnable monsieur Linot. Allons debout ! Ne traînez pas, montrez-moi immédiatement cette fameuse cachette.

Les deux hommes marchent silencieusement en direction de l'escalier qui se situe dans le couloir. Soudain, sans que Brandon ait le temps de comprendre ce qui arrive, Mike se retourne et lui flanque un coup de pied en plein visage. Le biker ne s'arrête pas là, il saute sur le bandit, le plaque au sol et lui dérobe son flingue.

- Maintenant, c'est moi qui tiens les rênes mon vieux. En avant, direction le fauteuil du salon ! Et surtout n'essayez pas de m'avoir sinon, je remets ça. D'ailleurs vous avez pu constater que je me débrouille assez bien question bagarre.

Tout en tenant Brandon en respect avec le revolver, Mike détache illico Julia et Marina.

- Ouf ! Quel soulagement, proclame la jeune maman en retirant son bâillon. J'ai bien cru que c'était la fin pour nous deux, continue-t-elle en défaisant maintenant celui de sa fille. Merci beaucoup Mike... Oui, un grand Merci. Sans vous, nous ne serions peut-être plus de ce monde... Ce type est une vraie brute ! Vous vous rendez compte, il voulait tuer ma fille. Espèce de salaud, s'écrie tout à coup Julia en se retournant vers le bandit.

Quant à Marina, sa joie est si intense, qu'elle ne trouve pas les mots pour le dire. Aussi, pour remercier son sauveur du mieux qu'elle peut, elle s'approche de lui et l'embrasse très fort sur la joue.

- Il est préférable d'attacher cette canaille, il pourrait essayer de se rebiffer. Pendant ce temps-là, appelez tout de suite le commissaire Roberts. A mon avis, il va être sacrément surpris !

Tous les habitants du village, réveillés par l'arrivée bruyante de la police, sortent de chez eux. C'est encore endormis qu'ils assistent, sur la petite place, à l'atterrissage de l'hélicoptère du commissaire Roberts.

- Salut Mike ! Vous permettez que je vous appelle Mike ?

- Sans problème commissaire ! Et bien Mike, cette affaire est enfin terminée. Et quand je dis terminée, je pèse mes mots. Vous n'aurez plus d'autres tueurs sur les bras…

- En êtes-vous sûr, coupe le biker ? Souvenez-vous, la fois passée aussi vous pensiez déjà que tout était fini. Et pourtant…

- Exact ! Mais cette fois-ci, c'est le patron de l'organisation agissant sur le territoire de notre pays qui est arrêté. Tout ça grâce à vous, et surtout à votre frère. Sans son enquête, nous ne les aurions jamais bouclés.

- En parlant de Franck, je souhaiterais quand même avoir quelques explications.

- Normalement, je ne devrais rien vous dire. Mais comme vous nous avez prêté main-forte, je vais faire une exception.

- Allons à l'intérieur, propose Mike, nous y serons plus à l'aise pour en discuter.

Les deux hommes pénètrent sans attendre dans la maison et acceptent de bonne grâce la tasse de café que présente Julia.

- Votre frère était un excellent journaliste ; il menait des enquêtes souvent dangereuses. Ce qu'il adorait le plus, c'était de travailler sur des dossiers extrêmement brûlants. Lorsque certaines de ces affaires touchaient à la sécurité nationale, continue Roberts, il n'hésitait pas à les remettre aux autorités… Probablement qu'il agissait par devoir et respect pour son pays !

- Je ne lui connaissais pas ce côté-là…De toute façon, les rares moments où l'on se voyait, on ne parlait jamais boulot.

- Il voulait certainement vous éviter de graves ennuis.

- Pourquoi ne pas m'en avoir parlé le jour où je suis venu faire ma déposition ?

- C'est très simple ! Ce matin-là, je n'étais pas encore au courant.

- Et après ?

- Après je ne pouvais plus rien dire ; ordre des services spéciaux.

- Les services spéciaux ! Mais pourquoi ?

- J'y viens... Depuis plusieurs mois, votre frère suivait discrètement un groupe de trafiquants. Et puis une nuit, au cours d'une investigation dans le bureau du P.D.G. d'une grosse entreprise, il est tombé sur un ensemble de compacts disques et de documents contenant la liste complète des sociétés ainsi que des doubles de contrats signés par leurs dirigeants. Réalisant l'importance de sa découverte, votre frère n'a pas hésité une seconde, il a décidé de les embarquer. Trop absorbé par ses recherches, il n'a pas remarqué la vidéo du système de sécurité qui était en train de le filmer pendant toute l'opération.

- Tout ça n'explique pas l'intervention des services spéciaux !

- Je comprends votre réaction Mike, mais je vous en prie ne me coupez pas tout le temps. Je vais tout vous dire, je vous le jure…

- Pardonnez-moi, continuez !

Trop fatiguée pour assister au reste de l'entretien, Julia se lève :

Toute cette histoire m'a vraiment épuisée Mike. Bonne nuit et à demain !

Les deux hommes saluent respectueusement la jeune femme qui quitte le salon…

- Je comprends ! Une fois de retour chez lui, votre frère a examiné les dossiers. Réalisant qu'ils étaient trop compromettants, il a pris la décision de les expédier sur-le-champ aux services spéciaux. L'enveloppe a mis beaucoup plus de temps que prévu pour arriver à destination. Vous connaissez ce qui s'est passé dans l'intervalle.

- Ok !... Mais dites-moi commissaire, que contenaient ces foutus documents ?

- Les preuves que cette vaste organisation vendait au plus offrant des virus.

- Des virus ! Mais pourquoi faire ?

- Des armes ! L'armement biologique est malheureusement en constante progression. En raison d'un coût de fabrication inférieur à celui du nucléaire, il intéresse tout particulièrement les pays les plus pauvres...

L'entrevue dure encore plus d'une heure avant que Roberts ne décide de partir...

En cette superbe matinée estivale, le soleil donne de tous ses rayons. La chaleur déjà bien présente permet aux trois rescapés de prendre le petit déjeuner dans le jardin. Il faut beaucoup de temps pour que les visages de Marina, Julia et Mike laissent échapper quelques sourires. Pour l'instant, seul le craquement du pain sous le couteau à beurre et le bruit des cuillères à café qui cognent le fond des tasses perturbent le silence. Et puis, le plaisir de se revoir ensemble et également débarrassés de cette folle histoire l'emporte ; les langues commencent à se délier.

- Tu ne pars pas tout de suite, demande Marina ?

- Rassure-toi, répond Mike, je compte rester le plus longtemps possible. Enfin, si ta maman est d'accord.

-Oh ! Dis oui maman ! Je t'en supplie maman, dis oui.

- Laisse-nous s'il te plaît Marina, il faut qu'on parle Mike et moi.

C'est en rechignant que la gamine quitte la table et file en direction de sa chambre.

- Si je vous ai mise dans l'embarras, excusez-moi… Vous préférez apparemment que je m'en aille.

Julia n'objecte pas immédiatement. Elle examine attentivement le jeune homme, comme si elle tentait de deviner ses pensées. Et soudain, sans que ce dernier si attende, elle se lève et vient s'asseoir sur ses genoux. C'est d'un long et tendre baiser qu'elle donne sa réponse…

Printed in Great Britain
by Amazon